Moitié de poulet

Christine Frasseto
Eric Puybaret

D'après un conte populaire du Dauphiné.

Père Castor
Flammarion

1. La promesse du Roi

En ce temps-là,
dans une campagne pauvre
et perdue au fin fond
du royaume,
vivait un jeune garçon
qui élevait des poulets.

Comme il était gringalet,
et toujours couvert des pieds
jusqu'à la tête des plumes
de ses poulets, on le surnomma
"Moitié-de-poulet".

Un jour que le bon Roi
parcourait son royaume
pour rendre visite à ses sujets,
il s'arrêta en ces terres désertes
et eut grand faim.
Il dit à son serviteur :
– Va me chercher quelque
bonne chair pour faire ripaille,
et voici un sac de blé royal
pour payer tes achats.

Le serviteur parcourut
la campagne sans trouver
âme qui vive. Enfin, il aperçut
au-delà des collines
la ferme de Moitié-de-poulet,
et s'y dirigea.

En chemin,
il plongea sa main dans le sac
de blé pour prendre des forces.
Mais le grain était le meilleur
qu'il eût jamais goûté,
et il était si bon qu'il plongea
la main une seconde fois,
puis une troisième fois,
et ainsi de suite,
jusqu'à ce qu'il arriva enfin
chez Moitié-de-poulet.
Il constata alors que le sac
de blé était entièrement vide…

Moitié-de-poulet vint
à la rencontre du serviteur.

–Bonjour voyageur,
dit-il affablement.
Que puis-je pour toi ?

Le serviteur, surpris,
cacha prestement le sac vide
derrière lui.
Il s'adressa à Moitié-de-poulet
avec hauteur :

–Donne-moi des poulets,
par ordre du Roi !

Moitié-de-poulet était étonné:

—Combien de poulets désire
le Roi ? Et que me donne-t-il
en échange ?

Le serviteur lui répondit
vertement:

—Donne-moi sept poulets,
et demain, le Roi te donnera
un sac de blé royal
pour récompense.

Moitié-de-poulet se dit
que c'était un bon marché,
et il donna
au serviteur
les sept poulets
demandés.

Le serviteur pensait bien
que ce jeune sot n'irait jamais
réclamer son dû.
Il repartit rejoindre le Roi,
qui fit alors un excellent repas.

2. De drôles de rencontres

Le lendemain,
Moitié-de-poulet attendit
toute la journée
l'arrivée du Roi,
mais celui-ci ne vint pas.

Le jour suivant,
il attendit de même,
mais le Roi ne vint pas.
Le troisième jour,
comme le Roi ne venait
toujours pas, Moitié-de-poulet
se dit :
– Eh bien, puisque le Roi
ne vient pas à moi, je m'en vais
le trouver pour lui réclamer
le sac de blé qu'il me doit.

Et aussitôt, Moitié-de-poulet
mit son baluchon sur le dos
et prit la route.

Après plusieurs heures
de marche, il s'arrêta
au bord d'une rivière
pour y boire.

Celle-ci lui demanda :

– Où vas-tu ainsi,
Moitié-de-poulet ?

– Je m'en vais voir le Roi,
répondit-il.

– Oh ! Emmène-moi avec toi,
demanda la rivière.

– Alors saute dans mon cou,
rivière jolie, dit-il.

Puis Moitié-de-poulet,
avec son baluchon sur le dos
et la rivière dans le cou,
s'en repartit pour aller voir
le Roi.

En chemin,
il rencontra un loup.
Celui-ci lui demanda :
– Où vas-tu ainsi,
Moitié-de-poulet ?
– Je m'en vais voir le Roi,
répondit-il.

– Oh ! Laisse-moi t'accompagner,
demanda le loup.
– Alors saute dans mon cou,
loup poli, dit-il.

Puis Moitié-de-poulet,
avec son baluchon sur le dos,
la rivière et le loup dans le cou,
s'en repartit pour aller voir
le Roi.

Plus loin, il rencontra
un renard. Celui-ci demanda :
– Où vas-tu ainsi,
Moitié-de-poulet ?
– Je m'en vais voir le Roi,
répondit-il.
– Oh ! je peux venir avec toi ?
demanda le renard.
– Alors saute dans mon cou,
renard gentil, dit-il.

Puis Moitié-de-poulet,
avec son baluchon sur le dos,
la rivière, le loup et le renard
dans le cou, s'en repartit
pour aller voir le Roi.

3. Aux portes du palais

Arrivé au palais du Roi,
Moitié-de-poulet demanda
à voir celui-ci.

Mais les gardes lui rirent
au nez :
– Regardez-le, ce poussin-là !
Il n'a pas même un brin
de crête sur la tête
qu'il se prend pour un coq !
Passe ton chemin, paysan,
le Roi n'a pas de temps
à perdre avec toi.

Moitié-de-poulet insista :

– J'ai marché
de longues journées
pour trouver le Roi.
Laissez-moi au moins
rencontrer son serviteur !

Alors les gardes,
pensant que le serviteur
du Roi ne ferait
qu'une bouchée
de cet écervelé,
le guidèrent jusqu'à lui.

Celui-ci,
dès qu'il vit Moitié-de-poulet,
entra dans une grande colère :
– Que viens-tu faire ici,
sotte volaille ?

Sans se laisser démonter,
Moitié-de-poulet lui dit
fermement :
– Je viens réclamer au Roi
le sac de blé qu'il me doit !

Et, ni une ni deux,
le serviteur saisit
Moitié-de-poulet par le col
et le jeta dans la basse-cour
avec les poulets, les coqs,
les dindons, les canards
et les oies.
—Bon débarras ! dit-il
en se frottant les mains.

Toutes ces volailles se jetèrent
sur Moitié-de-poulet,
l'une lui donnant des coups
de bec, l'autre le pinçant,
jusqu'à ce que Moitié-de-poulet
crie :
– Au secours !

Aussitôt, le renard jaillit
du cou de Moitié-de-poulet,
et dévora toutes les volailles.

Moitié-de-poulet le remercia
et sortit du poulailler.

Sitôt arrivé à la porte du Roi,
le serviteur s'interposa :
– Comment ? Te revoilà !

Et, ni une ni deux,
le serviteur saisit
Moitié-de-poulet par le col
et le jeta dans la bergerie
avec les moutons,
les chèvres et les vaches.
—Bon débarras ! dit-il
en s'essuyant le front.

Tous ces animaux se jetèrent
sur Moitié-de-poulet, l'un lui
donnant des coups de cornes,
l'autre des ruades, jusqu'à
ce que Moitié-de-poulet crie :
– Au secours !

Aussitôt, le loup jaillit
du cou de Moitié-de-poulet,
et dévora tous les ovins
et tous les bovins.

Moitié-de-poulet le remercia
et sortit de la bergerie.

Moitié-de-poulet était à peine
arrivé à la chambre du Roi,
que le serviteur s'interposa :
– Encore toi !

Et, ni une ni deux, le serviteur
saisit Moitié-de-poulet par le col
et l'attacha sur un grand bûcher
pour le brûler. Il cria :
– La voilà, la récompense du Roi !

Les flammes et la fumée
se jetèrent sur Moitié-de-poulet,
le brûlant et l'étouffant,
jusqu'à ce que Moitié-de-poulet
crie :
– Au secours !

Aussitôt, la rivière jaillit
du cou de Moitié-de-poulet,
et éteignit le feu.

Moitié-de-poulet la remercia,
mais la rivière ne voulut pas
s'arrêter de couler.

Elle coula tant et si fort,
qu'elle emporta
le méchant serviteur
jusqu'à l'océan, où il se noya.

4. La justice du Roi

C'est ainsi
que, grâce à sa détermination
et à l'aide de ses compagnons,
Moitié-de-poulet put aller voir
le Roi pour lui conter
son histoire.

Ce Roi, qui était
fort juste et fort sage,
lui donna non seulement
un sac de blé royal
en échange de celui
que le méchant serviteur avait
mangé, mais, en plus,
il le nomma
Ministre de l'Agriculture,
des Eaux et des Forêts.

Moitié-de-poulet fut
le meilleur Ministre
que le Royaume ait jamais eu,
et, lorsque le Roi qui n'avait pas
d'héritier mourut,
tous les sujets s'accordèrent
à demander à Moitié-de-poulet
de devenir leur nouveau Roi,
ce qu'il accepta avec joie !

Autres titres
de la collection

Le petit voleur d'instants
Théo voudrait bien que sa maman
lui raconte une histoire. Mais c'est toujour
pareil, elle n'a pas un instant à elle !

Cocolico !
Ce matin, le coq Coquelicot a une extinc
de voix, qui l'empêche de réveiller le bar
Ce dernier est très en colère…

Princesse Mariotte
Mariotte a la maladie d'envie : tout
ce qu'elle voit, elle le veut. Mais un jour,
elle reçoit un mystérieux anneau magiqu

Le petit roi d'Oméga
Un jour, les oiseaux-cerise de la planète
Oméga partent explorer l'univers.
Le petit roi se sent alors bien seul.

La soupe aux loups
Lorsque la recette de la soupe aux choux
se transforme en recette de soupe aux loup
c'est la panique dans le royaume.